Heinrich Knaust

Spiel von der lieblichen Geburt unsers Herren Jesu Christi

Heinrich Knaust

Spiel von der lieblichen Geburt unsers Herren Jesu Christi

ISBN/EAN: 9783743484122

Hergestellt in Europa, USA, Kanada, Australien, Japan

Cover: Foto ©Andreas Hilbeck / pixelio.de

Manufactured and distributed by brebook publishing software (www.brebook.com)

Heinrich Knaust

Spiel von der lieblichen Geburt unsers Herren Jesu Christi

Ein seer schön und nützlich Spiel

von

der lieblichen

Geburt unsers Herren Jesu Christi

zu Coln an der Spree gehalten

durch

Henricum Chnustinum

Hamburgensem

ANNO MDXLI.

Berlin.

Zu haben bei Wilhelm Hertz.

1862.

Der Ertrag ist für die Kleinkinder-Bewahranstalt
der St. Marienparochie bestimmt.

Der Gebrauch auf Schulen biblische Geschichten, geistliche Ermahnungen und dergleichen dramatisch aufzuführen, wurde im Laufe der Zeit immer allgemeiner. Mit der Reformation nahmen diese Uebungen von beiden Seiten einen polemischen Charakter an. Schulen und Bürgerschaften fuhren fort, bald geistliche, bald weltliche, geschichtliche oder possenhafte Darstellungen bei gewissen Gelegenheiten zu geben und dieser evangelischen und katholischen Dramen giebt es bis 1650 so unzählige, daß jeder, der zu sammeln Lust hat, deren noch manche entdecken kann, die Gottscheb nicht gekannt hat — doch sind alle diese Sachen ohne Bedeutung für deutsches Theater und deutsche Poesie, auch dürfte nur an wenigen Sprache und Ausdruck der Aufmerksamkeit werth sein. — So ernst abmahnend lauten die Worte des Altmeisters (Tieck, Deutsch. Theater I. IX) und dennoch sind die folgenden Blätter eben einem solchen Schauspiele, welches nicht besser und nicht schlechter, als andere ist, gewidmet! Es geschieht das, weil das Stück, von welchem die Rede sein soll, dennoch eine gewisse Berechtigung hat, grade in Berlin der Vergessenheit entzogen zu werden, es geschieht, weil es eben das älteste in deutscher Sprache in Berlin aufgeführte Drama ist*). Als vor einigen Jahren ein Stück des Georg Pondo „Eine kurze Comedien von der Geburt des Herren Christi" zum erstenmale im Drucke erschien, erfreute sich dasselbe theils um seiner selbst, theils und vornehmlich um des Umstandes willen einer günstigen Aufnahme, weil es von den Prinzen und Prinzessinnen des Churfürstlichen Hofes im Jahre 1589 in Berlin aufgeführt worden ist; denn es erschienen in demselben der am 22. März 1588 geborene Markgraf Friedrich, als Christkindlein, die Markgrafen Christian und Joachim Ernst, als erster und zweiter König, die Markgräfinnen Magdalena und Agnes, als Engelein, welche die Geburt des Herrn verkündigen, und andere dem churfürstlichen Hause nahestehende Personen. Allein auch nicht ohne sprachliches Interesse erschien das Stück, indem die Hirten z. B. und die ihnen in den Mund gelegten Dialecte Gegenstand einer späteren Untersuchung geworden sind.

Einer solchen Gunst nun hatte sich das in Rede stehende „in Kurtzheit der Zeit" geschriebene Stück nicht zu erfreuen, es verdankt seine Entstehung der Schule und ist ohne Zweifel nur durch Schüler auf dem Cölnischen oder Berlinischen Rathhause im Jahre 1539 „an negst verschienen Epiphanie Domini" aufgeführt worden. Der-

---

*) s. Einleitung zu: Eine kurze Comedien" S. 7. Von einem i. J. 1584 hier gedruckten Stück „Isaaks Heirath" auch einer Arbeit des Pondo s. d. Gemeinnützige, Stück 20, S. 305 u. 411, vergl. Gervinus 3. 89. 102.

artige Schaustellungen **geistlichen** Inhalts scheinen bis in das Ende des sechszehnten Jahrhunderts in Berlin fortbestanden, durch das Verbot Joachim Friedrichs vom 27. Februar 1598 aber ihre Endschaft erreicht zu haben. Denn es veranlaßte dies den Zusammentritt der Berlinischen Geistlichkeit und den einmüthigen Beschluß vom 30. Mai, „daß mit der Darstellung der Angst und Schmerzen Christi in dem Häuslein am Dome, am Palmsonntage billich nachzulassen sei, indem die geistliche Betrachtung des Leidens Christi dadurch verhindert oder gleichsam in ein Comödienspiel verwandelt werde, daß die vermeinte Sepultur am Charfreitage abzuschaffen, das Fußwaschen spiritualiter und nicht wie ein Spiel gehalten, das Laufen der Jünger am h. Ostertage einzustellen" u. s. f. Als der Subconrector Gottfried Rösener dennoch im Jahre 1661 durch Schüler des Grauen Klosters die „Tragödie vom ungerechten Urtheil Pilati" aufführen ließ, wurde er durch den Fiscal in die Hausvoigtei gesetzt; der eigenhändige Befehl des großen Churfürsten vom 4. October befreite ihn, nachdem sein Vater Johann Rösener, Prediger zu St. Marien, in einem ausführlichen Schreiben dehmüthig um Verzeihung gebeten. Schulcomödien **nicht** geistlichen Inhalts bestanden aber hier wie überall bis in das achtzehnte Jahrhundert fort, wie denn z. B. der würdige Director des Grauen Klosters Johann Bödiker eine weniger bekannte, von seinen Schülern am 24. November 1692 aufgeführte „Jahrgeschichte" und die „Fischerei der Venus" schrieb, in welcher er sich die Aufgabe stellte, die Namen aller in den Seen und Flüssen der Mark lebenden Fische aufzuführen — oder wie Wallenstein, bald nach seinem tragischen Ende über die Schaubühne im Berlinischen Rathhause gegangen.

Die älteste deutsche Berlinische Comödie ist in zwei gedruckten Exemplaren, welche die Bibliotheken zu Wolffenbüttel und Göttingen besitzen, erhalten. Das kleine, sieben und dreißig Blätter starke Buch ist mit der kleinen Weiß'schen Type gedruckt, deren sich dieser erste Berlinische Buchdrucker schon in Wittenberg behufs des Abdrucks vieler wichtigen Lutherschen Schriften bedient hatte und zwar im Jahre 1541, kurze Zeit, nachdem die Kirchenordnung und die Kammergerichtsordnung seine Presse verlassen hatten, in demselben Jahre, in welchem Weiß Cruziger's erbauliche Predigt über 1. Timoth. 2, Agricola's Jagdpredigt, seine seltenen Kinderfragen und anderes, namentlich aber Markgraf Joachim des Jüngeren Schrift: „Wie die Türken in Oestreich geschlagen", ursprünglich ein Bericht an seinen Vater „Lichtemoend am Abend Matthäi 1532" druckte. Schon durch dieses Zusammenfallen mit Druckschriften des allerernstesten Inhalts ist für unsere Comödie, deren Titelblatt überdies das churfürstliche Wappen schmückt, das richtige Verhältniß angedeutet, als eben auch eines Werkes vorwaltend kirchlicher und erbaulicher Tendenz. Wie hätte auch Weiß Anderes unter den Augen des Landesherrn zu drucken wagen dürfen, da es in seinem Dienstag nach Jubilate 1540 ertheilten ersten Landesherrlichen Privilegio ausdrücklich heißt: „es werde ihm die Begnadung und Freiheit gegeben, also, daß er allerley Bücher, so christlichen Glauben, guter Policey und der Ehrbarkeit nicht ungemeß oder zugegen seien, in unserem Churfürstenthum und Landen, alldieweil er darinnen ist, drucken, feilhaben und verkaufen lassen mag" u. s. f. Immer merkwürdig bleibt, daß Weiß sich auch im Notendruck versuchte; sind gleich seine Beispiele noch nicht mit beweglichen Metalltypen, sondern nur mittelst Holzschnitts gedruckt, obgleich jene schon seit 1507 durch Erhard Oglin in Augsburg in Deutschland in Anwendung gekommen waren.

Bevor wir jedoch die Comödie mittheilen, sei es gestattet ein Paar Worte über den Dichter derselben zu sagen. Heinrich Knaust, oder wie er sich der Sitte der Zeit gemäß latinisirte, Chnustinus oder Knustinus ist im Jahre 1524 zu Hamburg geboren. Wenig wissen wir von seinem früheren, mehr von seinem späteren bewegten Leben. In seinem im Jahre 1567 erschienenen Buche „Hüt dich für Aufborgen" sagt er Blatt 8: „Ich war gar ein junger Knab, wie ich von meinem jetzt seligen und geliebten Vetter M. Theophilo Gotfrido Hermelate, einem vortrefflichen, gelehrten Mann in Lateinischer, Griechischer, Hebräischer und Chaldäischer Sprache, meinem damals lieben Präceptoren zum Studio nach Wittenberg gebracht ward, da ich eine ebene Zeit mit allem Fleiße studiret*). Wie ich aber

---

*) Er ist im Sommersemester 1537 unter dem Rectorat des Blighard Sindringer immatriculirt und zwar mit dem Zusatz „primum scr. Knast". Im Jahre 1539 gab er in

darnach ungefehrlich im jare der weniger zal nach Berlin in die Mark zu Brandenburg, der jugent in der schul zu Cölln an der Spree fürzusein, durch freiwillige, mir aber unbewußte Befürderung des Ehrevesten — Herrn Christophen Pfundsteins*), der Med. Doctore, des hochlöblichen Churfürsten Jochims zu Brandenburg Leibarzt und Rath ungeachtet meiner jugent vociret und berufen ward, hielt ich mich daselbst über die zwey jar dermaßen (ohn ruhm zu melden), daß mein wandel vielen ehrlichen Leuten und sonderlich dem Herrn Dr. Pfundstein dergestalt gefiel, daß er mir daselbst seine liebe tochter in jrem jungfräulichen stande zu der heiligen Ehe gab (1544), mit der ich auch bis in das fünfte jar hernach, ehelich gelebt, bis sie mir in dem Lande zu Meklenburg, wie ich bei Herzog Heinrich dem alten, frommen loblichen Fürsten zu Hofe dienet mit Tod in gemeinem pestilenzischen Sterben abginge." Nach dem Hintritt dieser Frau schloß er ein anderes Ehebündniß mit der Tochter des Joh. Weiß. In seinen im Jahre 1614 in zweiter Ausgabe erschienenen „Fünf Büchern von der göttlichen und edlen Gabe, der philosophischen, hochthewren und wunderbaren Kunst, Bier zu brauen, heißt es S. 41 von unserer guten Stadt: „Berlin, da der Churfürst hoffhalt brawet auch ein guht roht bier .... und sonderlich so sein die Merze Biere daselbst sehr gut; ich habe der-

---

Wittenberg heraus: Confessiones fidei duae altera Lutheri altera Buggenhageni. v. d. Hardt, Autogr. p. 378.

*) s. Möhsen, Leibärzte S. 527 u. Berliner Bibl. Manuscr. Boruss. fol. 201. S. 149.

selbigen Biere, weil ich zu Berlin in meiner ersten ausflucht, etliche Jahr um die Stüle gegangen, wol genützt und sie versucht." Das Directorat der Cölnischen Schule bekleidete er seit dem Beginn des Jahres 1540. In der vom 6. Sept. dieses Jahres datirten Widmung seiner Uebersetzung von Melanchthons Buch: „Von dem Leben und Unsterblichkeit der Seelen" dankt er den Bürgermeistern Lewin Brasch und Hans Pieritz für das ihm bewiesene vertrauensvolle Wohlwollen und schließt mit Bezugnahme auf die eben vollendete Einführung der Reformation mit den Worten: „Der Herr Christus vollbringe in Euch und allen Christen dieser Stadt, sein angefangen Werk, daß die Predigt des Evangelii lauter und rein und gute Schulen allhie bei Euch mögen erhalten werden." Daß er es aber nicht bei Wünschen bewenden ließ, sondern thätig in die Verbesserung des Schulwesens eingriff, beweist die Abfassung eines Leitfadens für Geometrie und Sphärik*). Ein Buch, welchem, bei aller Dürftigkeit der Erklärungen, dennoch der Ruhm gebührt, das älteste astronomische Schulbuch zu sein, enthält es doch eine Darlegung des Ptolemäischen Systems für populäre Zwecke, zeugt es doch auf jedem Blatte von dem regen Sinne des Verfassers, auch diese Kenntnisse in den Schulcursus zu ziehen und das Alles trotz manchen Widerspruchs. Aber auch auf publicistischer Bahn erblicken wir unseren Berliner Director. Er schildert in

---

*) In Geometriam et Sphaeriam Isagogica introductio per erotemata tractata. Berolini. 1541. 8.

einer an den Landesherrn gerichteten Zuschrift*), die allgemeine Türkennoth, seine Freude über die kräftige Rüstung gegen diesen Feind, namentlich aber über die Wahl seines Herrn zum Oberanführer „dieweil aber vielleicht, heißt es Blatt 4 naiv genug, in diesem itzigen gegenwertigen zug, etliche etwan der unseren möchten gefangen in die Turkey gefuret werden, denselbigen hab' ich dies Büchlein zusammenbracht, auff daß sie sich nicht vielleicht durch den grossen Schein des Türkischen Glaubens mochten verfuhren lassen und vom christlichen Glauben abweichen" — so ist denn das ganz interessante Buch eine gedrängte, freilich sehr subjectiv gehaltene Darstellung der Dogmatik des Koran, nicht ohne allerhand Schnurren und Possen. Für die humanistische Ausbildung der ihm anvertrauten Jugend sorgte er durch Erklärung und Uebersetzung mehrerer Comödien des Terenz und Plautus, aber auch durch Abfassung eigener dramatischen Versuche in lateinischer und deutscher Sprache, wie er denn einen Cain und Abel (Wittenberg 1539), eine Dido, Tragödie von der Flucht des Aeneas und der Gastlichkeit der Königinn schrieb und aufführen ließ „auff daß der Jugend Anstand, Redegewandheit und Bescheidenheit wachse und zunehme", auch ein ganz artiges Stück unter dem seltsamen Titel Pecuparumpius zusammenstellte, den Gedanken dehmüthiger, in Gott vergnügter Bescheidenheit an einer

---

*) Tractat von geringem Herkommen, schentlichen Leben, schmellchen Ende des Turkischen Abgots Mahomets. . . . . . Berlin. 1542. 4.

einfachen Geschichte, wie die vom Johann, dem Seifensieder, ausführend. — Sein Hauptverdienst und nicht nur um die Berlinische Jugend ist, daß er, nächst Hermann Vespasius, der erste ist, welcher Umdichtungen, wie er selbst sie nennt, unternahm und unter dem Titel: „Gassenhawer, Reuter- und Bergliedlein, christlich moraliter und sittlich verendert" herausgab, „damit die böse ergerliche weiß, unnütze und schampare Lieblein, auff den Gassen, Feldern, Häusern und anderswo zu singen mit der zeit abgehen möchte, wenn man christliche gute, nütze Texte und wort darunter haben könnte." Gar zu weitverbreitet und auch im Munde der Jugend seien alle jene unsittlichen, buhlerischen Lieder, welche Tag für Tag zu lieblichen Gesangesweisen erklängen „deshalb habe er sie in einen geistlichen und sittlichen sinn und Text transferiret, verendert und aufgesetzt daß seine Disciplen denselben unter die noten appliciren und singen möchten, wann sie sich im singen üben wollten." Er fährt dann fort der Musik in Preis und Lob zu gedenken und schließt: „Ich kann selbst nicht viel singen, das bekenne ich, aber doch habe ich die Musicam lieb und halte die Meinen, deren ich mächtig bin und die meiner Treue befohlen sein, mit fleiß dartzu, daß sie aus grund rechter kunst, sich im singen üben müssen, daß sie aber Buhlenlieder singen sollten, zu dem hab ich nie gefallen getragen und thue es auch noch nicht. Derowegen ich diese Gassenhawer . . . . . transferiret und ausgesetzt habe, daß sie denselbigen unter den noten haben singen müssen, bieweil ich sonderliche luft zu den alten

Stücken getragen und deren Composition mir wohl gefallen lassen*)."

Ein solcher war der ehrliche Knaust in Berlin. Von seinem späteren Leben und Wirken zu berichten ist hier

---

*) Hier einige Proben dieser Umdichtungen, über welche Näheres Wakernagel (Kirchenlied. 601 flg. u. Lesebuch 2. 94), Winterfeld (evang. Kirchengesch. 1. 80) und Koberstein (S. 400) berichten:

Nr. XXIII. S. 20. Ißbruck ich muß dich lassen, christlich und moraliter geendert.

O Welt ich muß dich lassen | und fahr dahin mein strassen | ins vatterland hinein | irdisch freud ist mir genommen | die ich nicht mehr bger zukommen | weil ich in elend bin.

Groß leid muß ich jetzt tragen | das ich allein thu klagen | dem liebsten Herren mein | Ach Gott nu laß mich armen | im hertzen dein erbarmen | weil ich so arm muß sein.

Mein trost in allen leiden | von dir soll mich nicht scheiden | kein not in diser welt | kein armut sein zu schwere | mein sinn | und all mein bgere | zu dir allein habe gstellt.

Nr. XXIX. S. 27. Es wolt ein Jäger jagen | von dem Glauben, Hoffnung und Liebe, christlich verendert.

Es wolt ein Jäger jagen | dort wol vor jenem holtz | was begegnet jhm auff der Heiden | drei frewlin hüpsch und stoltz.

Das ein das hieß fraw glaube, das ander fraw liebe, hoffnung des dritten Name | des jägers wölt es sein.

Er nam sie in der mitte | sprach, Hoffnung nit von mir laß | schwenks hinder sich zurucke | wol auff sein hohes roß.

Er fürt sie gar behende | wol durch das grüne graß | behielts biß an sein ende | nicht hat jhn gerewet das.

Hoffnung macht nicht zu schanden im glawben vest an Gott | dem nechsten geht zuhanden | die liebe in der not.

Hoffnung | lieb | und glaube | die schönen schwestern drei | wenn ich die lieb anschawe | die gröst | sag' ich | sie sei.

nicht unseres Amtes, als Rechtslehrer und Advocat, als Schriftsteller auf den Gebieten des Römischen und Deutschen Rechtes und des Processes lebt er in Copenhagen, Bremen, Braunschweig, Frankfurt, Erfurt und anderen Orts. Ob ihm seine Muse oder die reiche Fruchtbarkeit sorgenfreier Muße den Dichterkranz gereicht, bleibe dahingestellt,

---

Nr. XXXVII. S. 36. Ich hab mein sach zu Gott gestellt, corrigirt und gebessert. D. H. K.

Ich hab mein sach zu Gott gestellt | der wirdts wol machen wie es im gefelt | dem thu ich mich befehlen | mein leib | mein seel | mein ehr und gut | das helt Gott stets inn seiner hut | gnedig zum ewge leben.

Was alle welt verloren acht | das erhelt Gott stets in seiner macht | wenns im gefelt zu wenden | ich geb mich in den willen sein | er wirdt mich als der Vatter mein | außfürn zum selgen ende.

Und auch mein lieber Herr und Gott | erhalt mich stets bei deinem gbot | wider dein wort nit zu streben | gib mir gdult in dem willen dein | zu vergeben auch den Feinden mein | mein unschuld wirstu rechen.

Was kan mich kommen an für not | wenn bei mir stehst du gewaltiger Gott | was kann mir doch gebrechen? du kannst mir helffn auß aller not | das mir zu leib und seel ist gut | Herr das kannst du wol geben.

O Jesu Christ mein höchste zier | kein glück noch unglück laß von dir | mich in der welt abwenden | sterk meinen glauben durch dein gnad | behüt uns Herr vor sünd und schad | bscher mir ein seligs ende.

In diser welt des Creutzes drang | eim armen Christen macht gar bang | Gott wirdt ja nit verlassen | wer sein vertrawn stelt uff den Herrn | den wirdt sein unglück nicht beschwern | er weiß wol zeit und masse.

genug auf den Titelblättern einiger seiner ein und sechszig Bücher erscheint sein ganz stattliches Wappen, ein links aufsteigender eine Lilie tragender Löwe in dem linken Schilde eines getheilten und mit Helm und Helmschmuck ausgestatteten Wappenschildes, dessen rechte Seite blau blasonirte Balken zeigt, sein Denkspruch aber ist „Herr Jesu wendt all' mein Elendt".

Von unserer Comödie nun wolle man Anderes nicht erwarten, als was eben das Wesentliche aller ähnlichen Erscheinungen der Zeit ist — didactische Apologie des Lutherthums im Gegensatz zu den von den Jesuiten aufgeführten pomphaften Stücken, daher auch hier allegorische Figuren, die nicht handelnd eingreifen, sondern nur Betrachtungen anstellen, daher auch hier Prologe und Epiloge, welche die Moral einschärfen, daher auch hier Uebertreibung in den Charakteren und allzuhandgreifliches Einwirken der Engel und Teufel, bei Vernachlässigung aller Würde — doch auch jene komischen, bewußt oder unbewußt theocritischen Idyllen entlehnten Scenen der Hirten und Teufel.

Wir übergeben die doch historisch interessante „Comödie" als einen geringfügigen Beitrag zur Geschichte der deutschen dramatischen Dichtkunst, mit dem Wunsche freundlicher Aufnahme seitens der Sachkundigen und mit der Hoffnung, daß der Ertrag des Büchleins einem bescheidenen Werke förderlich sein möge, auf welchem der Segen des HErrn nunmehr seit fünf Jahren ruht.

G. F.

Ein seer schön und nütz=
lich Spiel von der lieblichen Ge=
burt unsers Herren Jesu Christi
zu Coln an der Spree gehalten,
durch Henricum Chnusti=
num Hamburgensem
Anno MDXLI.

ZOILIS AC LAUINIIS.

So jemande nicht wird gfallen das
Der selbig mir dis bleiben las.
Vnd mach jm selbs etwas für sich
Vnd las hie vngetabbelt mich,
Ich habs gemacht wie mirs gefalln,
Dems nicht gfelt, der las es jm malln,
Was gehet mich dasselbig an?
Ich hab hiebey mein bestes gthan,
Ein ander mag auch thun so viel,
Gotts ehr ist hie gewesen mein ziel.

ARGUMENTA SINGULORUM ACTUUM.
Actus I.
Dieser erste Actus zeiget fein
Wie das Maria die Jungfraw rein
Entpfangen hab vom Heiligen Geist
Durch Gabriels Botschafft wirds beweist.

Actus II.

Joseph der alt wundert sich sehr
Weis nicht wies zugeht jmermehr
Das er Mariam findt schwanger sein
Die doch sonst war ein Jungfraw rein,
Er wird bericht von Gabriel;
Verdreust die Teuffel in der Hell,
Joseph zíht mit Marien fort
Das solt jr hörn von wort zu wort.

Actus III.

Die weil das Kind geboren ist
So wird jtzund zu dieser frist
Den armen Hirten alzumal
Von Engeln verkündet mit schal
Das Kindlin lign im Krippelin
Nemlich das libe Jesulin;
Dem Beltzebub von hertzen sehr
Verdreusset dise newe mher,
Die Weisen sehn den sterne schon
Wol vbr Jüdischem lande sthan
Drumb sie woln suchn den Herren Christ
Ich sage euch kurtzlich wie jm ist.

Actus IIII.

Herodes fleissig lernt mit all
Wo Christus gboren werden sol,

Von Hohen Priestern das geschicht
Darüber wird er auch bericht
Von den Weisen aus morgenland
Das solt jr hören allzuhand.

Actus V.

Die Weisen von Jerusalem
Zihen wol hin gen Bethlehem
Vnd opffern da dem Kindelein
Gelegen in dem Krippelein,
Herodes tödt die Kinder gar
Welch warn obr vnd vnter zwey jar.
Des schlecht der Engl mit kranckheit gros
Herodem, zuletzt er sich mos
Erstechen mit seinr eigen gwher,
Den Teuffeln ist er nicht zu schwer,
Die holen jn mit leib vnd seel
Vnd füren jn bald in die Hell.

Personae.

Gabriel, cum suis Angelis.
Maria.
Joseph.
Elisabet.
Tres Magi.
Gaspar.
Melchior.
Balthasar.
Herodes Rex, cum suis Militibus et Consiliariis.
Haubtman.
Cantzler.
Praeco.
Nickel on gelt.
Hans knebelbart.
Annas, cum suis Scribis et Phariseis.
Decem vel ultra Muliercule, cum pueris.
Novem Pastores.
Belzebub cum suis Diabolis*).

---

*) Von den Teufeln, die in unserem Stücke auftreten, ist namentlich Bruder Rausch durch Wolfs und Endlichers †) lehrreiche Forschung bekannt geworden. Immer merkwürdig bleibt es, daß diese Mönchslegende, die zuerst in Dänemark heimisch und localisirt, dort wahrscheinlich auch zuerst zu einem größeren Gedicht verarbeitet wurde, schon im Jahre 1539 bei uns so geläufig war, daß man Rausch ohne Weiteres auf die Bühne bringen konnte. Das Niederdeutsche Volksbuch, dessen Gegenstand die Sage war, mag da wohl die Vermittelung gemacht haben. Uebrigens erscheint Rausch in der Comödie gar nicht etwa ausgestattet mit irgend welchen von den Zügen, welche in ihm charakteristisch und sagenhaft sind, keine Erwähnung geschieht der Streiche, die er im Kloster als Koch vollbracht, und des dafür eingeernteten Lohnes. Auch sind die Mitteufel Rabbarlab und Rumpoldt u. s. w. hier andere, als die des Volksbuches, wo außer Belzebub und Lucifer Nürfel und Taubenöst erscheinen.

†) Von Bruoder Rauschen und was wunders er getrieben hat. Vergl. v. d. Hagen, Ueb. d. ältesten Darstellungen d. Faustsage. Berlin 1844. S. 6.

Prologus.

Wirdigen vnd wolgelerten
Ersamn Herrn vnd hochgeehrten,
Erbaren Bürger auch dabey
Vnd jeder, was wirde er sey,
Lobreichen Frawen tugenthafft,
Züchtige, werde Jungfrawschafft,
Vnd mit ein ander wie jr seit
Alhie versamlet diese zeit,
Hie kom wir mit ein ander her
Wolweisen Herren euch zu ehr,
Auch denn die hie sein alzumal,
Das vnsr gewerb ich sagen sol,
Wir han ein Spiel, wie ich es acht
In kurtzer zil zusamen gbracht
Dem heiligen Christ vnd Christenheit
Zu ehren, nach vnser glegenheit,
Weil jtzt die zeit furhanden ist
In welcher der Heiliger Christ
Angzogen hat vnsr fleisch vnd blut

Vns elenden menschen zu gut,
Damit wir möchten sein gefreyt
Vom Teuffel vnd allem hertzeleid,
Das selbige Spiel wollen wir
Ewer Weißheit zu ehren hir
Agiren in allen massen
Bittn woltens euch gfallen lassen,
Vnd vnsrn ghorsamlichn vnterthan
Vnd fleis, von vns gern nemen an,
Wir hans gmacht auffs best wirs gewist
Was abr nu hie versehen ist,
Durch kurtzheit der zeit vnd andr schult
Bitten wir jr woltet gedult
Mit den selbgen stücken tragen
Weiter wil ich jtzt nicht sagen,
Dieser knabe wird zeigen an
Wie es mit dem inhalt, sey gthan.

Argumentum.

In diesm Spil das jr hören solt,
Ist die gburt des Herrn abgemolt.
Vnd wie es sey zugangen bar,
Das solt jr hören offenbar.
Denn da ist Maria die jungfraw rein,
Gebert der Welt ein Kindelein.
Jr zugesagt von Gabriel,
Das solt heissen Emanuel.
Das beten an die Hirten grob,
Vnd frewen sich gantz sehr drob.
Auch betens an die Magi weis.
Bringn jm geschenck durch ferne reis.
Welches verdreust Herodes sehr,
Lest die Kindlein töbten vmbher.
Joseph fleucht in Egypten Land,
Denn der Engel ward zu jm gesand,
Das alls mit ein verdriessen thut,
Den Beltzebub in seinem mut.
Darumb er auch sehr zornig ist,
Vnd wütet fast zu aller frist.
Herodes der Ertzbösewicht,
Sich selbs mit einem tolch ersticht.

———

Actus I. Scena I.

Gabriel. Maria.

Gabriel.
Gegrüsset seystu holdselige mir,
Denn Gott der Herr ist mit dir.
Du gebenedeyte ich grüsse dich,
Du hochgelobte hör weiter mich.

Maria.
J bhüt mich Gott für solchem gruß
Ein seltzam sach mir das sein muß.

Gabriel.
Ach fürcht dich nicht Maria zart:
Du hast, sags bir, zu dieser fart
Bey Gott dem Herrn vnserm Gott
Gnad funden, hat fürwar kein not,
Sich da, du wirst schwanger werden
In beinem leib hie auff erden,
Vnd wirst geberen einen Son,
Des namen soltu heissen schon
Jesus, der wird gros werden hie,

Vnd gnent werden jmer vnd je,
Ein Son des allerhöchsten Herrn
Ein Son Gotts, die zeit ist nicht fern,
Vnd Gott wird jm den stuel fürwar
Seins Vaters Dauid geben dar,
Vnd er wird sein ein König weiß,
Vbr das Haus Jacob merk mit fleiß.
Seins Königreichs sol sein kein end,
Sein scepter sol nicht werdn gewend.

Maria.
Ach lieber Engl du sagst mir viel,
Bit dich zeig mir an maß vnd ziel,
Wie das zu gehn sol weiß ich nicht,
Ah lieber Herr mich das bericht,
Wie sols zugehn, weil ich kein man
Erkennet hab, sag mirs forthan.

Gabriel.
Sey wol getröst o jungfraw rein,
Bekümer dich nicht, mus so sein,
Der Heilig Geist wird vber dich,
Mit sein gnaden erregen sich.
Vnd die krafft des höhisten reich
Wird dich vberschatten zu gleich,
Darumb auch das Heilige kindt,
Welchs man in beinem leibe findt,
Wird Gottes Son von jderman
Genennet werdn, weiter wolan,

So sihe Elisabeth dein
Gefreundte ist auch schwanger sein.
Mit einem Son im alter gros,
Dich das ia nicht verwundern las.
Iht ist es schon der sechste Mon,
Die im geschrey ist vnd im hon.
Das sie vnfruchtbar sey allzeit,
Vnd übertrifft im alter weit.
Denn ia bey Gott kein ding nicht ist,
Vnmüglich gleich zu aller frist.

Maria.

Sih da ich bin die Magd des Herrn,
Sein willen folg ich hertzlich gern.
Mir mus geschehen lieber Herr,
Wie du geredt hast bit ich sehr
Gott sey gelobt in ewigkeit,
Der mir solchs hat vor bereit.
Ich danck dir lieber Herre mein
Das ich armes Meidlein sol sein
Mutter des Heilands aller Welt,
Wolan Vater dirs so gefellt,
Ich danck dir lieber Vater fast,
Das du mich angesehen hast.
Vnd mein elend genomen hin,
Ach Herr ich des vnwirdig bin.
Sich auch darüber hastu Herr,
Elisabet von jaren schwer

Mit deinen augen angesehn
Nach deim willen ist jr geschen.
Mit einem Son sie schwanger ist
Mit einem Son zu dieser frist.
Darumb ich jtzt von stunden an,
Wil hin auff das gebirge ghan.
Zu besuchen Elisabet,
Vnd zu sehen wie es jr geht.
Wies mit der liebn gefreundten mein,
Zu diesen tagen jtzt wird sein.

Actus I. Scena II.

Joseph.

Nu sey gelobt der ewige Gott
Der all ding wol versehen hot.
Vnd mir solch züchtiges Meiblein,
Beschert hat nach dem willen sein.
Ich kann ia nicht gnugsam fürwar
Meim lieben Herren dancken zwar
Das er mir solch ein kleinot hat
Bescheren wolln nach seinem rat,
Ein Weib züchtig vnd auch ehrlich
Das kompt von Gott her sicherlich,
Der gibts, es kan kein mensch nicht
Jm solchs selber beschern mit jtzt,
Vnd wird gegeben eben dem

Der fürchten thut Gott den Herren,
Darumb mus ich Gott dancken seer,
Von nu an vnd auch jmer mehr.
Man hört doch nichts vnzüchtigs gar
Das sie belangt auff erden zwar,
Es sagt mir von jr jderman
Viel guts, vnd liegen nicht daran,
Denn ichs auch hab also erfarn,
Viel mal, da wir vertrawet warn,
So danck ich bir mein lieber Gott,
Bhüt vns weiter fur aller not
Vnd gib gelück vnd heyl darzu,
Das bit ich liber Herre thu.

Actus I. Scena III.
Maria. Elisabet.

Maria.
Gott grüs dich sehr Elisabet,
Mein liebe Schwester frü vnd spet.

Elisabet.
Gegrüsset seystu tausent mal
Du Hochgelobte vberall.
Gebenedeyet bistu zwar,
Vnter allen weibern sag ich fürwar.
Gebenedeyet die frucht ist,
Die du in deinem leibe trigst,
Vnd woher kompt mir das sag an,

Mein liebe Schwester wolgethan
Das die Mutter des Herren hier
So ferren weg kompt her zu mir.
Sihe, da ich hörte die stym
Deines grusses, mich recht vernym,
Hupffet gar bald das kindlein klein,
Mit freuden gros im leibe mein,
Vnd o selig bistu furwar
Die du gegleubt hast so gar,
Denn es wird werden volenbet,
Vnd in keinem stück gewendet,
Was dir vom Herrn gesaget ist,
Es wird gescheen zu aller frist,

Maria.

Mein seel erhebt den Herren hoch,
Vnd mein Geist erfrewet sich noch
Gottes meines Heilandes sehr,
Von nu an stetz vnd jmmermehr.
Denn er hat angesehen fein
Die nidrigkeit der Maget sein.
Sihe von nu an ewiglich
Werden mich selig stetiglich
Preissn vnd lobn alle kindes kind
Die komen werden vnd jtzt sind,
Denn er hat grosse ding gethan,
An mir der mechtig ist forthan,
Vnd sein nam heilig allezeit
Vnd weret sein barmhertzigkeit

Jmer fur vnd fur bey denen
Die Gott fürchten vnd auch ehren.
Er übt gewalt mit seinem arm
Vber Reich vnd auch vber Arm.
Er zerstrewt die hoffertig sind
Jn jres hertzen mut vnd sinn,
Er stösst die gewaltigen heründer
Vom stul vnd erhebt durch wunder,
Die nidrigen fürwar empor,
Vnd was ich sag ist weiter war,
Den hungrigen gibt er gütter,
Die Reichen lest er aber lehr,
Er dencket der barmhertzigkeit
Hilffet auff trewlich allezeit
Jsrael seinem diener gut,
Wie er vorzeit geredet hat,
Vnsern Vetern Abraham
Vnd auch ewiglich seinem sam,
Er hat mich angesehen wolan
Vnd auch grosse ding an dir gethan.

Elisabet.

Es ist ia also wie du sprichst
Von diesen sachen du recht richst,
Er hat gros ding an mir gethan
Jchs nicht gnugsam aussprechen kan,
Noch grösser ding an dir beweist,
Sih es ist alls vom Heilgen Geist.
Die seligkeit vnd gute zeit

Ist jtzt der Welt schon gar bereit,
Die erlösung ist fürhanden
Wird erschalln in allen Landen,
Abr las vns jetzt von hinnen ghen
Was wolln wir alhie lange stehn,
Im haus bey vnserm Herren hier,
Wil ich weiter reden mit dir.

Maria.

Ja liebe Schwester las geschen
Das wir zum Herren hinein ghen.

Actus II. Scena I.

Joseph.

Weis nicht wies jmermehr geht zu
Das ich jtzt hab erfaren nu,
Ah ist mir leid von hertzen seer.
Wie mag es zughen jmermehr,
Das ich mein Bulen schwanger find,
In jrem leib mit einem kind.
Weis nicht fürwar wie es zugeht
Odr wie es vmb die sache steht.
Gott seis geklagt im Himels thron,
Ich weis nicht wie ich jm sol thon.
Sol ich brüchtigen sie mit witz
Vnd auch zuschanden machen jtz,
Das ich doch wol fug vnd recht het,
So wers doch nicht fein wenn ichs thet,

Was sol ich aber anfangen mit jr,
Sol ich sie jtzt nemen zu mir,
Wer mir ia nicht ehrlich fürwar
Wie ich jm thu zweiffel ich gar.
Wolan damit sie nicht zuschanden werd
Wil ich sie hiemit han geerth.
Ich wil sie heimlich lassen von mir
Auff das kein schade bringe jr.
Damit ich auch bey ehren bleib
Vnd sie zugleich bey ehr vnd leib.

Gabriel.

Joseph du Son Dauid hör zu,
Ich sehr bit dich nicht fürchten thu,
Mariam dein Gemall so zart,
An zunemen zu dieser fart,
Denn das in jr geboren ist,
Ist vom Heilgen Geist zu aller frist,
Vnd sie wird dir ein Söhnchen klein
Gebern des namen soltu fein
Jhesus heißen, denn er wird gar
Von allen sunden, sag dir fürwar,
Selig machen sein volck vnd Leut
Das hab ich dir gesaget heut,
Auff das erfüllet werd mit all
In diesen tagen allzumal,
Was Gott vor zeiten hat geredt,
Durch ein Propheten der sagen thet,
Sihe ein Jungfraw zart vnd rein,

Wird schwanger mit eim kinde sein,
Vnd wird geberen einen Son,
Vnd werden seinen namen schon
Emanuel heissen, das ist,
Gott nu mit vns zu aller frist.

Joseph.

Ich danck dir Herr o liber Herr
Ich wil jm so thun von hertzen gerr
Die weil es ist vom Heilgen Geist
Von Gott herkomen allermeist,
Ich will annemen sie gar balde,
O Herr du dieser sache walde.
Ich wil still halten doch die sach
Damit es nicht kom an den tag.
Bis das Gott sein werck hat vollendt,
All vnglück hoff, sol werden gewendt.
So vil an mir ist gantz vnd gar,
Das wil ich thun hertzlich fürwar.

Actus II. Scena II.
Bruder Rausch, Rabbarlab Teuffele.

Raus.

Ach lieber Bruder Rabbarlab,
Die sach wil jtzt Sanct Velten hab,
Wie werden wir jmer raten der,
Ich weis fürwar nicht jmermehr
Wie solln wir jm thun, sag mirs doch.

Rabbarlab.

Gut rat ist jtzt von nöten hoch
Ich klaub mich hindern ohren fast.

Raus.

Ich sihe du auch wenig radt hast.
Wie wollen wir aber jm gethun,
Wir werden nicht sein willomen nun
Zu vnserm Fürsten Beltzebub,
Mein lieben brüder Rabbarlab.
Die weil wir nichts han ausgericht,
Denn bit dich, sich an dies geschicht,
Der Heiland Jhesus allerwelt,
Ist jtzt der welt schon zugestellt
Vnd ist empfangen in einer jungfraw
Die jn geberen wird, hau, hau,
Ich gedacht ich wolt beschemen sie,
Das es ja nicht geschehe je.
So ist der Engel vorkomen mir.
Das mus ich arm Teuffel klagen dir
So seys geklagt vnserm Gott,
Beltzebub der helfft vns aus not.

Rabbarlab.

Es will jtzt breck regen ich merck
Nu werden wir gehn müssen zu werck
Mit aller macht vnd fleissig ja
Auffmercken haben hie vnd da
Wie wir möchten verhindern das.

Raus.

Ich bit vns ia fleiſſig ſein las
Das wir vnſer Reich mögen bey ehrn
Erhalten vnd jmer mehrn,
Vnd vnſerm König fleiſſig bey ſtehn.

Rabbarlab.

Wir wollens verſuchen wie es wird gehn,
An mir ſoll es nicht feilen gar.

Raus.

An mir fürwar auch nicht ein har.

Rabbarlab.

Vnd wenn die andern wolten fein
Alſo auch mit vns eines ſein,
So wolten wir noch was thun dabey
Es ſey auch ſo viel als es ſey.

Raus.

Es wird abend, wir müſſen ſchir
Zu vnſerm Fürſten zihn von hir,
Das wir hülff vnd radt mügen han,
Wie man der ſach für komen kan.

Rabbarlab.

Ich halt bis wird die gegen ſein
Da Jheſus wird geborn werden ein
Darumb bit dich mein lieber Raus
Las uns, weil wir zihen hinaus.

Mit einem stanck das gantze Land
Mit einem stanck füllen zu hand,
Das niemand sey, er rich es denn
Mein lieber Gsell las es gescheen.

Raus.

Es gfellt mir wol, ist guter radt
Sol uns nicht grewen nach der that,
Wie gefellt dir der, war er auch gut.

Rabbarlab.

Ich weis das der auch nit schwach war
Wir habens gweyraucht gantz vnd gar.

Raus.

Riecht auff, riecht auff mein liben kind
Wir zihn daruon bhend vnd geschwind.

Actus II. Scena III.
Joseph. Maria.

Joseph.

Ach liebs Gemall die weil jtzt ist
Ein Gbot ausgangen zu dieser frist,
Das jderman sich schatzen las
In seiner Landpfleg, sag dir das
So wolln wir jtzt auch hinauff zihn,
Aus Nazareth gen Bethlem hin,

Denn wir ia sein vom haus Dauid
Wolt Gott das es vns wolgerieb,
Wir wolln vnsr schos auch bringen da
Dem Keiser geben was sein ist ja,
Damit wir alls ehrlich Leut sein
Eim jederman geben das sein
Das niemand hab ein sach auff vns
Sonst wer es ia gentzlich vmbsonst.

   Maria.
Ich zihe mit dir o Joseph gut,
All wo vns Gott hin weisen thut.
Wir sind vom haus Dauid fürwar,
Darumb wil es sich zymen zwar,
Das wir gen Bethlhem zihen nun,
Vnd was vnsr armut vermag, thun.
Das wolln wir auch von hertzen gern
Alls frome Leut vns thun erwern.

   Joseph.
So ziehen wir miteinander hin
Das gelt ist hie, wolln flux fort zihn.

Actus III. Scena I.

   Pastores.
Behüt vns Gott fur dem gesicht
Wissen wir doch nit wie vns geschicht.

Gabriel.

Fürchtet euch nicht o lieben kind,
Denn jr fürwar selige Leute sind.
Von Himel hoch da kom ich her
Ich bring euch gute newe mher
Der guten mher bring ich soviel,
Da von ich jtzt euch sagen wil
Es ist ein Kindlin heut geporn,
Von einer jungfraw außerkorn.
Ein Kindelin so zart vnd fein
Das sol Ewr freudt vnd wonne sein.
Es ist der Herr Christ vnser Gott
Der wil euch fürn aus aller not.
Er wil Ewer Heiland selber sein,
Von allen sunden machen rein.
Er bringt Euch alle seligkeit
Die Gott der Vater hat bereit.
Das jr mit vns im Himelreich
Solt leben nu vnd ewiglich.
So merket nu das zeichen recht
Die krippen, windelin so schlecht,
Da findet jr das Kindt gelegt
Das alle welt erhelt vnd tregt,
Zu Betlehem in Dauids stadt
Gehet vnd sehets ist mein radt.

Vnd also bald war bey dem Engel
die menge der Himelischen
heerscharen, die lobten
Gott und spra=
chen.

Primus Discantus.

Gloria in excelsis Deo.

Secundus Discantus.

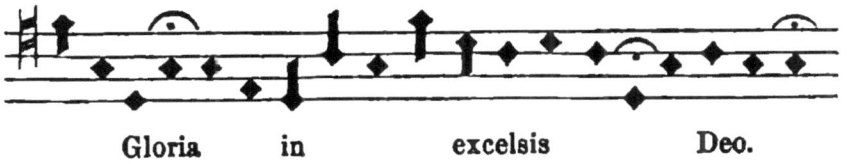

Gloria in excelsis Deo.

Tertius Discantus.

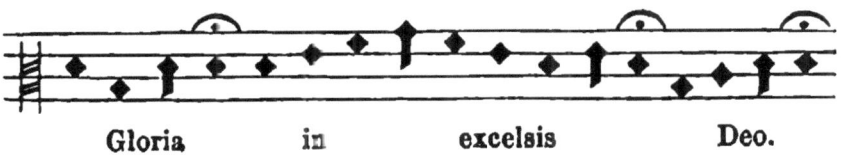

Gloria in excelsis Deo.

Primus discantus, canitur a primo Choro Angelorum.

Des mus im Himel ehr vnd preiß
Sein vnserm Herrn Zebaoth weiß,
Vnd frid auff erden allezeit
Euch menschn die jr eins gutn willns seit.

Secundus discantus, canitur a secundo Choro Angelorum.

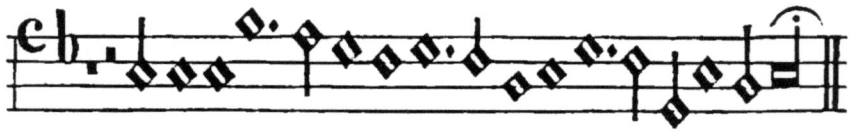

Des mus im Himel ehr vnd preiß
Sein vnserm Herrn Zebaoth weis
Vnd frid auff erden allezeit
Euch menschn die jr eins gutn willns seit.

Ange. 1. Primi Chori.

Nu sey gepreist der Herr Zebaoth
Der Heiliger Herr vnser Gott.

Ange. 1. Chori secundi.

Er sey gepreisst in ewigkeit
Der Vater aller seligkeit.

Ange. 2. Chori primi.
Denn er hat mit seinen augen grecht,
Angsehen das menschlich geschlecht.

Ange. 2. Cho. 2.
Die seligkeit vnd das leben
Ist jnen zu Bethlem geben.

Vterque Chorus, ut supra.
Der Eingeborner Son das wort
Ist mensch worden welch nie erhort.

Ange. 3. Cho. 1.
Der Son des Vaters, Gott von art
Ist mensch worden zu dieser fart.

Ange. 3. Cho. 2.
Auff das Gott mög durch seinen Son
Den menschen helffn zu seinem thron.

Ange. 4. Cho. 1.
Jn ist geboren der Herr Christ
Der vnser Köng vnd Heiland ist.

Ange. 4. Cho. 2.
Er ist ein Kindlin worden klein
Der alle ding erhelt allein.

Vterque Chorus.
Zu Bethlehem im Krippelin
Da ligt das liebe Jesulin,
Zu gut den armen menschen all
Des wolln wir Gott loben mit schal.

Es mus im Himel ehr vnd preiß
Sein vnserm Herrn Zebaoth weiß
Vnd frid auff erden allezeit
Euch menschn die jr eins gutn wiln seit
Denn wir vns auch sehr frewen drob
Vnd singn dem Herrn drumb solches lob
Das er die menschn hat angesehn
Mit Gott widrumb sie nu wol stehn.
Vnd werdn mit vns im Himelreich
Hernachmals leben zu geleich.
Des wir vns frewn von hertzen grund
Und bkennens hie zu dieser stund.
   Hic evanescunt.

   Actus III. Scena II.
    Primus Pastor.
So last vns liben freunde ghan
Von hinnen jtzt auch von stund an,
Vnd das geschicht sehen gar drat
Welchs vns der Herr goffenbart hat,
Zu sehen was Gott hat beschert,
Mit seinem liben Son verehrt.
    Secundus Pastor.
Die weil die Engel komen her
Vnd sagen vns solch newe mher,
So mus es warlich etwas sein
Darumb last vns bald gehn hinein.

Tertius Pastor.
Was ist es das Ir thut sagen
Ich wil es auch mit Euch wagen.

Quartus Pastor.
Wes ist denn sag das Kindlein klein.
Ich wil auch hörstu mit dir ghen.

Quintus Pastor.
Ich auch, ich auch horch Tytke knecht
Sich zu vnd hüt die Schaffe recht.

Knecht Tytke.
Her nim sie mit, verstehestus wol
Sol ich allein bleibn, bistu toll.

Sextus Pastor.
Ey last die Schaffe fur vns ghen
Das wir nicht gar in sorg sthen.

Primus Pastor.
Welt jr denn alle mit vns hin
Sprechet iz, wolt jr mit vns zhin,
Zu sehen was vns ist verkündt
Von den Engeln zu dieser stundt,
Das freudenreiche Kindlein klein
In Bethlehem geboren sein
Welchs ist ein Gott von ewigkeit
Wie jr gehört habt jtz bescheit
Der ist zu gut der gantzen Welt
In Bethlehem vns zugestelt,
Ein kleines Kindlein worden gar

Vns armen zu gut, sags fürwar,
Darumb last vns gen Betlhem ghan
Das Kindlein mit fleiß beten an,
Mit jnnigkeit vnd demut all
Ein jder auff seine knie fall
Vnd bete an das Kindelein
Das wirb eins jdern fromen sein,
Denn auch die Engel dancken Gott
Das wir errettet sein aus not
Vnd singn jm lob im Himels thron
Wie jr gehört habt im süssen thon.

Septimus Pastor.
Horch zu, las Tilen nachbaur mit
Er hüttet von hir wenig schrit.

Primus Pastor.
Gfellt mir wol, last vns zu jm ghen
Gehet fort, bleibet nicht lang sthen.

Septimus Pastor.
Hörstu wol liber Heine Til
Ich bit hör zu ein kleine weil,
Ich wil dir newe mher sagen
Die selbig ist nicht erlogen,
Ein Kindlin klein ist heut geborn
Von einer Jungfraw außerkorn,
Ein Kindelin so hübsch vnd fein
Das sol der welt Erlöser sein.
Welchs vns die Engl han angezeigt

Darumb wir auch jtzt sind geneigt
Zu lauffen hin gen Betlehem
Vnd sehen was da ist gescheen.
Wiltu mit vns lieber Nachbaur
Wiltu, sprich ia, vnd nicht lang laur.

Tile.

J trawen ia wo das ist war
So gehe ich mit Euch allen dar,
Das kleine Kindlein mus ich sehn
Hör lib'r Gfatter wil mit dir gehn.

Heine.

Ich Heine genant Bonenstro
Wil mit Euch jtzt auch auff sein so
Die weil ich hör so seltzam bing
Solt mir leid sein, wo ich nicht ging
Der wolff mag fressn die schaff obr nit
So muß ich sehen dis geschicht.

Primus Pastor ad Mariam.

Holdselig Maria du bist
Von nu an vnd zu aller frist,
Das du den Heiland aller welt
Von deinem leibe hast gezelt
Denn Er wird ein Erlöser sein
Aller Leut zu gleich gros vnd klein
Das han vns die Engl kund gethan
Drumb wir hieher zu dir sein gahn.

Primus Pastor ad presepe flexis geni-
bus, una cum ceteris adorat
Puerum his verbis.

Gegrüſſet ſeiſtu Kindlein zart
O Erlöſer vnd Gott von art
Gegrüſſet ſeyſtu Kindlein fein
Wie ligſtu hie im Krippelein
O liebes Jheſulein vnd Gott
Sih vns ja an hilff vns aus not
Wölſt vnſr Erlöſer auch ja ſein
Das bit wir dich O Jheſulein.

Actus III. Scena III.

Beltzebub.

Ey das wer die Peſtilentz gar
Wenn es, wie du jtzt ſprichſt, wer war,
Da wolt nichts gutes aus werden,
Für vns armen Teuffln, auff erden.

Raus.

Allergnedigſter König Herr
Ich bring vngern die newe mher.
Abr alſo hat es ein geſtalt,
Nichts hat mögen ſchaffn vnſer gwalt.

Rumpolt.

Ah Gnedigſter Herr, leider ach
Ich bring zu euch ein groſſe klag,

Es ist geborn das Kindelein
Welches die Leut von Hellscher pein
Erlösn sol vnd erretten gar
Das sag ich dir könig fürwar.
Belzebub.
O whe o whe o ceter o
Whé nu der Hell o morbio,
Wie wolln wir jmer thun der sach,
Du zeigst mir an gros vngemach.
Satan.
Kein hoffnung ist fürhanden mehr
Sey dirs geklagt Gnedigster Herr,
Nu wirds mit vns allen aus sein
Die weil der ist geboren fein,
Nu wird kein mensch verdammet nicht
Das Kindlin vnser gwalt zubricht.
Rapax.
Auch hab ich die Engl hörn singen
In den lüfften süsse klingen
Lob vnd auch ehre jrem Gott
Vnserm feind vnd Meister Zebaoth.
Mendax.
Auch wissens schon die Bauren all
Han sich gefreud zu tausent mall.
Belzebub.
Ceter vbr dis mit einander,
Du Satan die Welt durch wander

Vnd bsitz aller Leut hertz vnd mut'
Das niemand sey der da thu gut,
Vnd jr Teuffel in der Hell all
Komet herfür wol mit geschal,
Vnd versucht Ewer list alhier
Das solt jr zu gfallen thun mir,
Das niemand dem Heiland glaubn geb
Ober nach Gottes willen leb.
Ich wil jtzt selber, Hört mir zu
Mit einem Legion bald nu
Auff sein, zihn gen Jerusalem
Daselbst ich mir auch in sinn nem
Herodem den Tyrannen gros
Zu bewegen in aller mos,
Das er verfolg das Kindelin,
Das hab ich mir gnomen in sinn,
Vnd kan ich benn nichts schaffen dar,
Wil ichs doch zu weg bringen gar.
Das die Jüden nicht an jm solln
Zu keinen zeiten gleuben wolln,
Wil sie erhetzen widder jn,
(Das ich gentzlich gesinnet bin)
Solln jn hassen vnd neiden
All Heiden solln jn auch meiden,
Die Jüden solln jn selbr zu letz
Gefangen nem vnd jagen jns netz
Vnd tödten jn, hengn an galgen
Halten jn für ein vnsalgen.

Die Heiden solln die diener sein,
Auch schmelich tödten allgemein.
Das wil ich jm zurichten jtz
Vnd habt jr auch die sach in witz.
Sehet zu vnd schaffet ia was
Darauff ich mich gantz sehr verlas.
Jr seht das es wird breck regen,
Von des geborn Kindes wegen,
Darumb ist not durch alle weiß,
Auff die schantz zu sehen mit fleiß.
Darumb jr Teuffel allzumal,
Die jr sitzt in der Hellen tal,
Komet herfür vnd zißt hin aus,
Kompt mir auch nicht wider zu haus
Jr habt denn etwas menlichs gthan
Dran ich mir kan genügen lan.
Nu ist es not vnd hohe zeit
Das vns nicht bsthe das hertzeleit.

Actus III. Scena IIII.
Gaspar. Melchior. Balthasar.

Gaspar.

Wie gdunckt Euch liben Herren gut,
Zeigt mir an Ewern sinn vnd mut.
Wie gdunckt Euch bey dem sterne klar
Den wir da sehen offenbar,
Vbr Jüdischem Land stehen wol

Ich weiß nicht was ich sagen sol,
Es ist ein feiner heller stern
Was er bdeut mocht ich wissen gern,
Ein wunderlicher stern ist war
Nicht wie ein ander sterne gar.
Ein sondrlich art er an jm hat
Das hab ich ja gemercket drat,
Abr sagt mir was halt jr dauon
Nach wil ich mein meinung sagn thon.

Melchior.

Ich hab den stern gesehen klar
Für etlichen tagn sag vorwar
Vnd fleissig auch darauff gedacht
Auffs allerhöhest ghabt in acht
Vnd so vil es mich geduncken thut
Ist es eins Königs sterne gut.
Ein stern der da eins Königs gros
Newe geburt anzeigen mos,
Vnd weil er ist sondrlicher art
Von farbe, schein, vnd krafft so zart,
Vnd eben steht vbr Jüdschem land,
So ist es euch alln wol bekand
Wie sol ein König gros vnd reich
Der die gantz welt hab zu geleich
Geboren werdn im selben Land
Vnd wie ich hab vernom zu hand
So ist die zeit nicht fern von hie

Das solches sol geschehen jhe.
Darumb gedunckt mich gantz vnd gar
Das der sterne bedeut fürwar
Nichts anders denn die selb geburt.

Gaspar.
Ich hab gehört Melchior dein wort
Vnd gedunckt mich gentzlich sein
Fürwar sehr gut die meinung dein
Darumb sag auch auff Balthasar
Nach wil ich mein meinung gebn bar.

Balthasar.
Mein meinung stimpt gar vber ein
Melcher wol mit der meinung dein
Denn ichs auch gentzlich dafür acht
Das es also sey wie gesagt,
Darüber sich ich auch noch an
Glegenheit des Himls wolgethan,
Vnd zeigt constitutio coeli mir
Das ein König sey gboren schir
Weil der stern auch nu kompt hinzu
Vnd lest sich sehen tapffer nu
Vber Jüdischem Land eben
In seer grosser klarheit schweben
So bdeut er on alln zweiffel frey
Das ein grosser König geborn sey,
Also find ich in meiner lehr
Vbrredt mich niemand andrs jnnmer.

Gaspar.

Ich hab Ewr beider wort gehört
Vnd Ewer meinung wol gespört
Vnd bin der massen hertzlich sehr
Erfrewet vnd je mehr vnd mehr.
Das jrs in einer meynung hyr
Gar vberall haltet mit mir
Denn das ich sag die warheit gar
So wil ich sprechen offenbar
Das der stern, welchen wir da sehn
Eben vbr Jüdischem Land stehn
Hab etwas sonderlichs auff sich
Vnd sey von Gott dahin gericht
Das er eins grossn Königs geburt
Anzeige, wie wird werdn gespurt
Vnd ist der König schon geborn
Im Jüdschen Land jtzt kurtz zu forn
Das hab ich gsehn zu dieser zeit
Aus des Himels gelegenheit
Vnd das er sey ein grosser Heer
Desgleichen man nicht findet mehr
Vnd etwan gmeinschafft hab mit Gott
Im Himel hoch, sag Euch on spott
Werd jtzt auff erd ein Königreich
Anrichten thun wol weit vnd breit
Das kein end habn wird jmermehr
Wird vber alles schweben her,
Dis zeigt mir alles mit ein an

Glegenheit des Himels, forthan
Auch der tapffer herrlicher stern
Welcher da sehr preist seinen Herrn.
Denn zuuor nie in keiner zeit
Desgleich gsehn ist in ewigkeit,
Drumb last vns alle zihen hin,
Wie ich mir hab gnomen in sinn,
Vnd last den new gborn König hoch
Vns anbetn vnd jm hulden doch,
Denn ich merck gantz vnd gar am stern,
Auch an Himels krefften von fern
Das dis nicht sey ein König gring
Der nicht thun werde grosse ding.
Er wird auff erden grosse that
Ausrichten nach Göttlichem rabt.
Vnd wird die welt in aller gstalt
Regirn vnd jnn haben mit gwalt
Das merck ich alles vnd ist war
Drumb last vns alle zin hin dar
Zu huldn jm vnd zu beten an
Mit gschencken hin zu jm zu ghan.
   Melchior.
Es ist ein grosser König ich weiß
Vnd habs gemercket auch mit fleiß
Welchs gleichen nie geboren ist
Wird auch gborn werdn zu keiner frist.
Drumb zyh ich gerne hin mit dir
Den newen König wolln ehrn wir
Denn Gott mit jme ist fürwar

Das merck ich an dem sterne klar.
Wir wolln jm hulden nu forthan
Vnd allzeit trewlich bey jm stan.

Balthasar.
Wolan so zyh ich mit euch hin
Denn eben ich auch des sinns bin
Wir wollen jm hulden trewlich
Von nu an vnd auch ewiglich,
Wollen jm gschenck bringen mit vns
Das best des Lands, das ist bey vns
Als nemlich ja gutten Weyrauch
Die besten Myrrhen vnd Golt auch,
Denn wie ich hab gsehen am stern
Vnd das Firmament thut bewern,
So ist der König nicht mensch allein
Sondern auch mit ein Gott, ich mein.

Gaspar.
Auch ist vnser meinung also
Drumb last vns dahin reissen io,
Das vns das wunderlich geschicht
Dauon wir sagen, werd bericht.

Melchior.
So lasts also bleiben dabey
Das es abr ia gewisse sey,
Wir wolln vns machen auff die fart
Mit vnserm geschenck zyhen fort,
Zu suchn den König hoch vnd reich
Welcher nirgents hat sein geleich.

Gaspar.
All wie gesagt ist sol es sein
Von stund an wolln wir zyhn hinein.

Actus IIII. Scena I.

Herodes.
Hochgelarten Herrn, ich hab heut
New mher erfarn, durch etlich leut
Darumb ich mit euch reden wil
Höret mir zu es ist nicht viel.
Euch ist in Ewrn gesetz ich weiß
Verheissen gar mit grossem fleiß
Ein König gwaltig vnd auch gros,
Reich vnd weiß vber alle mas,
So bit ich Euch sagt mir wollan
Wie ist es mit der sach gethan,
Wo sol der König werdn geborn,
Bit Euch fleissig sagt mirs zuuorn.
Denn ich auch bin dem König holt
Wolt Gott er geborn werden solt.
Ich wolt jm gerne weichen hyr
Wenn er nur wer geboren schyr,
Darumb entdeckt mirs bit Euch sehr
Vnd sagt mir Ewers Gesetzes lehr.

Annas.
Durchleuchtigster könig gnebigster her
Wir verstehn was sey Ewr beger
Wollen demnach von hertzen gern

Dasselbig Ewer Gnaden lern.
Dweil jrs doch so sonderlich gut
Mit Ewern Leuten meinen thut,
Es stehet in vnsern Propheten
Da haben wirs wol gelesen,
Das er sol im Jüdischen Landt
Geborn werden in Bethlem gnandt,
Denn also steht geschrieben da
Vnd du Bethlem in Judea
Bist nicht die kleinst vntern Fürsten
Juda, denn aus dir sol komen
Der Hertzog der mir eben sey
Ein Heer vber mein volk frey,
Das ist das zeugnis vnser Schrifft
Welch allenthalben vbereintrifft.

Herodes.
Wo stetts geschrieben liben Herrn
Das mocht ich warlich wissen gern.

Annas.
In vnserm Propheten Michea
Da stehet geschrieben solchs ja
Am funfften Capitel Gnedigster Herr.

Herodes.
Wolan ich bedanck mich Ewr ehr
Mein libn getrewen, gehet hin
Ich jtzt gnugsam vnterricht bin.

Annas.
Durchleuchtigster könig gott bhüt ewr Gnad
In langer gsundheit frü vnd spat.

Actus IIII. Scena II.

Herodes.

Kom her, horch zu, versthe mich recht
Du solt jtzund bald gehen schlecht
Zu den Weisen aus Morgen Landt.
Welch du mir hast zuuor genandt
Vnd sprechn sie woltn komen zu mir
Ein kleine weil bring sie mit dir
Ich hab mit jn zu redn ein sach
Daran jn ist gelegen auch,
Las ia nicht nach, bring sie mit dir
Vnd kom auch balde wider schir
Abr hörstu, das es heimlich sey
Das dauon ia werd kein geschrey.

Cantzler.

So gescheen Gnediger Herr
Als mit einander nach beim beger.

Herodes.

Das wolt Sanct Veltens leiden han
Wenn es also mit mir solt gan,
Ist jtzt der new König geborn
So ist es warlich gantz verlorn,
Ist der geborn zu Bethlehem
Werd ich nicht lang Köng sein zu Jerusalem
Drumb das ich mög fürkom der sach
Wil ich jm fleissig trachten nach
Vnd jtzt die Weisen fürdern her
Erforschn von jn die newe mher

Vnd wenn der stern erschynen sey
Wil ich von jn erlernen frey,
Darnach wil sie hin zyhen heiß
Vnd volbringen die selbig reiß,
Befiln jn doch dabey das sie
Widrumb bey mir erscheinen hie.
Wenn sie die reiß vollenbracht han
Vnd dem König jr opffer gthan,
Damit ich mög gewislich je
Erfarn an welchem ort er sey,
Das ich jn müg erhaschen gwiß
Vnd mirs ia nicht gelinge miß,
Zum guten schein ich wil sagen
Ich wöl darnach auch hinjagen,
Den König edel, gros vnd reich
Auch anzubeten des geleich,
Sih da komen sie her gangen
Nach jnen thut mich verlangen.

Actus IIII.   Scena III.

Herodes.

Wilkomen wilkomen mir seit
Jr liben Herrn zu dieser zeit.

Gaspar.

Wir dancken dir durchleuchtigster herr
Vnd wenn es noch so ferne wer
Wolten wir zu dir komen hin
Wenn wirs gleich hetten kleinen gwin.

Herodes.

Es ist mir lieb zu hören das
Vnd danck Euch des fleissig vorbas
Abr ich hab vernomen libn Herrn
Wie das jr seid alhie zu ehrn
Erschynen eim König Jung gborn
Dem Jüdschen Land wol auserkorn.
Denn habt jr aus eim stern erkand
Bit Euch sagt mir bescheidt zu hand,
Wenn ist erschinen Euch der stern
Das bit ich wolt mich thun erlern.

Gaspar.

Durchleuchtigster König hoch geborn
Wir bitten fleissig wolt vns horn
Für zwen jaren erschyn vns der stern
Vnd thet vns hohe ding erlern,
Abr für breyzehen tagen gar
Sahn wir das der Köng gboren war,
Darum wir vns han auff die reis gmacht
Vnd auch fürwar gwislich gedacht
Die weil er stund vbr Jüdschem Landt
Würd der König vns werden bekandt,
In der Heubtstadt Jerusalem
Für Gott sonderlich angenem
(Denn das der stern des Königs ist
Ist gewislich war on alle list)
Aber hie hab wirn gfunden nicht
Sein gburt wird anderswo sein gricht,
Es ist ein grosser König zwar

Ein Eble Jungfraw jn gebar
Das han wir aus dem stern erkand
Vnd sind hieher komen zu Land
Jm gschenck zubringn vnd ehr zu thun
Das sind wir noch gesinnet nun.

Herodes.
Wollan so ziht hin liben Herrn
Der weg der ist jtzt ia nicht fern
Gen Bethlehem in Dauids stadt
Da werd jr den König finden drabt
Bringt jm geschenck vnd thut jm ehr,
Vnd komet darnach wider her
Zu mir, vnd zeigts mir wider an
Das ich auch mag reysen hindan.
Anzubeten den Jungen Herrn
Vnd jn auch mit geschenck zu ehrn.

Gaspar.
Wir danckn Euch fast gnedigster herr
Aller freundschafft vnd grosser ehr
Wir wollen jm also gethun,
Wie Ewr gnad vns befolhen han
Vnd wenn wir angebettet han
Vnd jm all vnser gschenck gethan
So wollen wir zihn wider her
Euch solchs anzuzeign gnedigster herr.

Herodes.
Thut jm also wie jr geredt
Haltet ewer wort frü vnd spet.

Gaspar.

Es sol geschehen zweiffel nicht
Gnedigster herr das sey bericht.

Actus IIII. Scena IIII.

Melchior.

Gott sey gelobt in ewigkeit.
Der vns so reichlich gibt bescheit
Nu han wir ja erfaren gar,
Wo der König jtzt sey fürwar,
Nemlich in Bethlehem nicht weit
Der Königlichen stabt so freibt
Drumb last vns bald auff sein hin zin
In grosser freud zu suchen jn.

Actus V. Scena I.

Hic iterum apparet eis stella, quam vi-
derant in oriente, precedens
illos usque ad locum ubi
erat Puer.

Melchior.

Ist vns das nicht ein grosse freud
Die vns hie widderferet heut,
Sehet den stern welchen wir han
In morgen land gesehen an
Der erscheint vns wider so klar
Vnd zeiget vns ben weg fürwar

Er gehet für vns hin gericht
Bit euch ists nicht ein gros geschicht.
Fürwar es ist der sterne zwar
Denn wir sahen zu füren klar,
Wie ist vns das ein grosse freudt
Die der Herr an vns beweist heut
Fürwar ich mich von hertzen frew
Des sterns vnd Königs gboren new.

Gaspar.

Ich sag euch etwas lieben Herrn
Mercket mich ebn, das dieser stern,
Bedeut ein grosse wunder that
Welch Gott auff erden gethan hat
Auch hat Gott etwas sonderlichs
Mit vns im sinn das ist gewis
Das wir so eben müssen hin
Dem König zu ehren hin zyn
Vnd ehe es solt bleibn vngethan
So must der stern für vns hin ghan.
Vnd vns den weg zum Kindelein
Das wir ia nicht jrrn zeigen fein,
Wolan Gott schaff sein werck in vns
Vnd mach es als nach seiner gunst.

Balthasar.

Fürwar fürwar ein wundr das ist
Welchs ist gescheen zu keiner frist.
Der Herr vns gnad erzeigen thut
Dem woln wir folgn aus hertz vnd mut.

Melchior.

Seht ein wunder, da steht er still
Von dem haus er nicht weichen wil
On alln zweiffl ist das kinblin da.

Balthasar.

Ich sitz vom pferd, vnd sih darna.

Gaspar.

Liber thu es, bit dich darumb
Ich bit dich ia nicht lange seumb.

Melchior.

Mein liber Gaspar sichs doch an
Wie die sach ist alhie gethan.
Der stern der zeigt vns grosse ding
Fürwar sag dirs, ist nicht gering
Was sol ich vil sagen dauon
Wir sehens für vnsern augen schon.

Balthasar.

Ir Herrn den König gros vnd reich
Han wir gefunden jtzt geleich,
So last vns gehen, jtzt hinein
Ein jder bring das geschenck sein.

Gaspar.

Lieber ist er da Balthasar.

Balthasar.

Er ist alda sag dirs fürwar.

Gaspar.

So last vns gehen bald dahin
Da wir werden finden das kinblin

Ich habs gesagt vnd sages noch,
Die sach die hat ein meynung hoch
Wie wol wir hie kein schlos nicht sehn,
Auch nicht ein haus von mermeln stehn
Auch sonst kein Reuter odr Knecht da
So halt ichs doch gewislich ja,
Es sey ein Herr der gantzen welt
Zu dem wir sein komn vber fellt.
Balthasar.
Das jrret nichts, han wirs doch so
Aus dem gestirn erkündet bo
Das wissen wir ia, feilt vns nicht
Wie jr seyd von ewr kunst bericht,
Im haus ist nichts denn nur armut
Das auch gar nicht abschrecken thut,
Die lib Mutter mit dem Kindlein
Sitzet alda gar mutr allein,
Mit einem alten, fromen man
Dasselb ich da vernemen kan.
Melchior.
Drumb so last vns hineinen ghen
Was wolln wir also lange sthen,
Sein armut vns nicht schrecken sol
Sein armut ist reichs segens vol
Wir wolln den König reich vnd hoch
Anbeten vnd jm hulden noch.
Gaspar.
So gehn wir hin in Gottes nam,
Zu solchem Herrn ich vor nie kam.

Hic salutat Puerum cum Ma-
tre et Joseph.

Gott grüß dich o Kindlein so klein
Vnd euch o zarte Jungfraw rein,
Vnd euch auch in gleicher gestalt
Lieber Vater von jaren alt.
Wir sein aus Morgenland herkomen
Wie die zu Jerusalem han vernomen,
Zu ehren disem König gros
Welchen du hast in deiner schos,
Denn wir seinen stern han gesehn
Eben vbr disem Lande sthen
Der vns angezeigt hat fürwar
Das ein könig solt gborn werdn bar,
Den han wir gesucht zu Jerusalem
Vnd hie gefunden zu Bethlehem,
Denn da zu Jerusalem merket recht
Ward vns bald angezeiget schlecht
Wie das dem König jüng geborn
Bethlehem soll sein auserkorn
Zu sein sein Königliche stat
Drumb der stern vns her geweiset hat,
Denn da wir gingen aus der stat
Jerusalem, erschien vns drat
Der stern gsehen im Morgenland
Vnd ward gar bald von vns erkand
Er ging für vns hin in die Stadt
Vnd sich vbrs haus gesetzt hat
Darumb wir vnser schetz auff thun

5

Vnd wolln dem Kindlin opffern nun,
Vnd hulden jm in ewigkeit
Dem herren aller seligkeit.

  So nym nu an das opffer mein
Vnd las birs wolgefellig sein
O Herr vnd König aller welt
Wiewol für dir nicht gut vnd gelt
Viel gelden thut, so weis ich doch
Das dir dis wirb gefallen hoch
Denn ich in demut kom zu dir
Aus fernen Landen jmer hyr
Vnd bger dir König hoch vnd reich,
Zu hulden mit diesen zu gleich
In beinem schutz vnd schirm zu sein
Beger ich lieber Herre mein,
Ich hab bein stern gesehen gut
Vnd dich ghalten für ein herrn vnd got,
Darumb nym an die gabe mein
Hinfürber wil ich, Herr, bein sein.

Melchior.

Ich bin zu dir auch komen her
Aus Morgenland o lieber Herr
Bewogen durch den sterne klar
Den wir gesehn han offenbar,
Der selb mir angezeiget hat,
Wie das groß sein würd beine that,
Vnd bein reich gewaltig vnd auch reich
Würd wehren nu vnd ewiglich
Würd gros bing dem menschlichen Geschlecht

Beweisen, vn jm helffn zu recht,
Des bin ich Herr ein fernen weg
Zu dir herkom, wie ich es rech,
Der meinung das ich möchte dir
Als ein diener mich zeigen hir
Anbeten dich vnd hulden auch,
Darumb ich hie bringe Weyrauch,
Mein armen dienst zu zeigen an
Vnd dir zu opffern, was wir han
Denn wir dich nicht für mensch allein
Sondern für Gott auch halten fein,
Drumb nym an das opffer o Herr
Las dirs gefallen bitt ich sehr
Vnd sey mein Herr vnd trewer Gott
Erret vns ia aus aller not,
Vnd las dis sein gehulbet dir
Vmb schutz vnd schirme bitten wir.

Balthasar.

So bring ich dir auch mein geschenk
Dein augen o Herr zu mir lenk,
Vnd nym doch an den willen mein
Vnd dis geschenk zum guten schein,
Ich hab gesehen deinen stern
Vnd den fürwar von hertzen gern.
Daraus ich hab nach meiner kunst
Gerechent, doch nicht gar vmbsonst,
Das du würdest sein mensch vnd Gott
Welcher all Leut würd fürn aus not,
Vnd würdst sein ein köng reich vn gros

Wie wol du in der Jungfrawn schos
Alba ligst gar klein vnd veracht
So hat dich Gott doch nicht verschmacht
Den du gemeinschafft hast mit jm
Das ist mir gar in meinem sinn
Vnd habs gemerket auch daneben
Fürwar in meiner kunst gar ebn,
Darumb ich dir geschenke bring
Jn gutem willen das empfing,
Damit ich dir wil zeigen an
Als ein getrewer Vnterthan
Das ich ebn nu hinfürder wil
Nach deinem willn richten mas vnd zil,
Vnd dir gehorsam allezeit
Zu leisten fürwar sein bereit,
Denn das du seist mein Herr vnd Gott
Das weiß ich wol on allen spott.

Joseph.

Gott der Herr mus vergelten das
Was jr gethan habt, in aller maß
Gott mus gedenckn o liben Herrn
Vnd euch widrumb all vnglück wehrn.

Maria.

Das jr o Herren meinem kindt
So gros ehr habt erzeiget hindt,
Vnd seid gekomn aus morgen Landt
In diese Lender vnbekandt,
Zu huldn vnd ehren meinen Son

Das werd jr habn im Himel lohn,
Vnd werds erfarn in kurtzer zeit,
Was euch Gott hab dafur bereit
Nemlich ein ewiges lebn fein
Des nimermehr kein end wird sein,
Das werd jr sehn vnd auch erfarn
Was dis kindlin sey new geborn,
Jtzt künd jrs nicht mercken so gar
Wie jrs denn sehn werd offenbar.

Gabriel.

Nu höret zur jr König weiß
Ziht nicht widr die vorige reiß,
Wie jr verheissen habt zu für
Herods dem König vngehür,
Zihet nicht wider zu jm hin
Jch sag es euch, denn seht ich bin
Ein Engel von Gott aus gesandt
Vnd hab mich hie zu euch gewandt
Das ich euch ebn erinnern thet
Die sach mit Herods nicht recht sthet,
Drumb ziht wider in Ewer land
Durch ein andern weg allzuhand.

Ad Joseph.

Vnd du Joseph versthe mich recht
Jch wil dir sagn die meinung schlecht
Sthe auff vnd nym das Kindlin bald
Auch sein Mutter in dein gewalt,
Vnd zih hin in Egypten mir
Das selbig ich gebiete dir,

Vnd bleib alda bis ich dirs sag
Vnd ia bey leib es eh nicht wag,
Denn sih es ist fürhanden das
Herodes das Kind suchen laß
Vnd beger es zu tödten gar
Das sag ich dir Joseph fürwar.
Drumb sey auff vnd zihe dauon
Das wil ich dir befolen han.

Joseph.
Ich hör dich Engel liber Herr,
Die weil denn dis ist dein beger,
So wil ich auff sein zihn dahin
O liber Herr nach deinem sinn.

Actus V. Scena II.
Herodes.
Nu warlich merck ichs eben wol
Das man niemand vertrawen sol,
Niemand glauben geben gar
Es ist gwißlich, wie man spricht, war
Glaub sey entlauffen aus der Welt
Niemand dem andrn mehr glauben helt
Ist nicht ein heylos wesen das
Ich itzt schwerlich von schelten las,
Die Weissen han verheissen sehr
Sie wolten widerkomen her
Auff all jr ehr vnd trew zu mir,
Weis nicht was ich sol sagen schir,

Nu komn sie nicht, auch merck ich fein
Das sie ein andrn weg gzogeu sein,
Das hab ich schon erkündet gar.
Sags euch auff guten glaubn fürwar,
So müssn sie die Pestilentz han
Die losen Fischer vnd unman,
Machn mir zu nicht mein anschlag gut
Fürwar michs hefftig zörnen thut,
Damit es doch noch für sich geh
Vnd ich nicht von meim fürnemn steh,
So gehet hin jr Reuter all
Vnd schlacht zu tod allzumal
Bey Bethlehm vnd daselbs vmbher
Durchstecht, versteht mit ewer gwer
All menlin die zwey jerig sein
Vnd brunder, ist der wille mein,
Ich wil auch selber mit euch zihn
Das ichs selber mag mit ansehn,
Was gilts ich wil jn treffen wol
Er mir ia nicht entrinnen sol,
Wie wir die kindr abr mogen krign
Vnd die Mütter meisterlich betrign,
Den anschlag wil ich machen fein
Daran sol gar kein mangel sein,
So rüstet euch vnd macht euch zu
Das wir bald zihn von hinnen nu.

Haubtman.
Wie du wilt Gnedigster Konig Herr
So wirds gescheen beiner ehr.

Actus V. Scena III.

Joseph.

Du haſt gehört libes Gemal
Wie ich dir gſagt jtzt alzumal,
Wie das man vns nach ſtellen thut
Drumb ich es anſehe für gut
Das, wie vns der Engl ſagt zufur
Wir vou hinnen zihn balde nur,
Drumb ſo gib dein willen drein
Die weil es doch nicht anbrs wil ſein,
Wir müſſen in Egypten Landt
Welchs vns iſt frembd vnd vnbekandt,
In Egypten ſag dir fürwar,
Damit das kindlein ſey on far
Denn daſſelb vns befolhen iſt
Von Gott dem Herrn zu aller friſt.

Maria.

Du redeſt recht o Joſeph mein
Es mag jtzt anders nicht geſein,
Ich wil von hertzen gern mit dir
In Egypten zihen von hir,
Die weil es hat jtzt die geſtalt
Das man wil faren mit gewalt
Wie dir der Engel hat gezeigt
Gott ſeis geklagt in ewigkeit,
Vmb meines liben Sones willn
Wolt ich warlich wol weiter flyhn

Das jm ia mügt kein vngelück
Widerfarn oder böse tück,
Gott mus bewarn mein Kindelein,
Behüt dich Gott libs Jesulein,
Das dir ia kein vnglück widrfar,
Behüt dich Gott für bösm jmrdar,
Wir wolln jtzt in Egypten hin
Dem Tyrann aus dem wege zihn.

Joseph.

Dasselbig dunkt mich auch sein rat
Drumb sitzt auff, las vns zihen drat.

Actus V. Scena IIII.

Praeco Herodis.

Hört zu, Hört zu frawen vnd man
Die sich alhie versamlet han,
Herods mein gnedgster köng vnd Herr
Der lest gebieten all umbher
Die Mütter all woltn jre Kind
Welch vbr vnd vndr zwey jaren sind
Zu gfalln seinr königlichen Kron
Bald bringen hin für seinen thron,
An dem sein gnad ein gfallen groß
Ein gfallen hat vbr alle maß,
Er wird die Mütter vnd Kindlin,
Nicht vnbegabt lassen von jm,
Darumb erschein ein jde da.
Vnd bring jr Kindlin mit jr ja.

Haec bis vel ter in proscenio exclamat
  Praeco, et interim dum exclamat,
    accedunt mulierculae cum pueris.

   Herodes.
Ey das sind mir hübsche kindlein
Der Vater ich fürwar wil sein,
Gefellt mir aus der massen wol
Das jr seid hie erschinen all
Habt die Kinder mit euch gebracht
Vnd mein gebot gar nicht veracht,
Des müst jr grossen danck haben
Ich wil sie gar bald begaben,

  Herodes ad Milites.
So greifft es an vnd thut jm so,
Wie ich gesagt, fang an Preco.

  Hic necantur pueri.
Das ist gerecht, das lob ich sehr
Ich hab jn troffn, glaubs jmermehr.

   Nickel on gelt.
Was heult jr lauffigen Huren viel
Geht, obr ich euch ghen machen wil.

  Hans knebelbart.
Ists recht also Gnedigster Herr:
Wolt Gott jtzt mehr fürhanden wher.

   Herodes.
Ist recht also gefellt mir wol
Also man sie tribuliren sol.

Gabriel percutit gladio Herodem et dicit.

Des tod dich Gott du lauffger hundt
Mus dich erwürgn zu dieser stundt
Das du hinfurt nicht lebst auff erdn
Auch nimer selig müssest werdn
Ein böse that hastu gethan
Dafür soltu widerumb dis han,
Vnd seyt getrost jr freulein gut
Last dis nicht bkümmern ewren mut,
Gott lebet noch im Himelreich
Wird euch widr trösten all geleich.

Herodes.

O ceter, ceter mordio
O ceter mordio o, o,
Wie ist doch jmer mir geschen
Weis nicht wie es mir jtzt wird gehn,
O ceter, ceter, o ceter
O wie gern ich itzund tod wehr,
So kem ich doch der marter ab,
Ah das ich jtzt schon wer im grab,
Ah, ah, wie ist geschehen mir
Wolt Gott das ich kund sterben schir,
Der schmertz der wil mich nicht verlan
Ceter nu wird es erst anghan.
Wolan ich wils machn kurtz vnd gut
Ceter, für war es sonst nichts thut,
Doch ehe ich sterb o lieben Knecht
So bit ich euch merckèt mich recht,

Jch weis die Jüden werden sich
Gantz sehr erfrewen vber mich
Wenn sie hören werdn meinen tod
(Helff jtzt wer helffen kan aus not)
So thut jm so, ist der will mein
Vnd versamlet all in Gemein
Die Eddelsten vnd Reichsten Leut
Die sind in Jüdschem Lande heut,
Vnd wenn ich nu gestorben bin
So nempt sie vnd stechet darin
Ermordet sie vnd schlacht sie tod
Mein lieben Knecht es hat kein not,
(Ceter ceter) das also frey
Mein tod bey jdrman beweint sey.
Denn sie werden doch sonst gar nicht
Meinen tod beweinen mit jtzt,
Also abr mus mein tod jdrman
Auch vngern beweinen, wollan
Also thut jm, ist mein beger
Vnd folget bit euch, meiner lehr,
O ceter, aber ceter o
Weichet ein wenig bit euch do,
Ah wie ist mir so angst vnd bang
Nach der gruben ich trag verlang.

   Hic sese transfodit.

Wolan so far ich in Abrams garten.

   Gabriel.
Jr Teuffel thut seiner warten.

Beltzebub.

Hic diaboli eum diripiunt.

So tantz mit vns du liber Kumpan
Gott sey gelobt das wir dich han,
Nach dir wir han ghabt gros verlang
Darumb führ wir dich mit gesang.

Canticum Diabolorum.

Nu steht es mit der Hellen wol
Denn sie nu wird schir werden vol,
Wenn die grossen Hanse vnd Herrn
Also sich wollen zu vns kern.

Epilogus.

So habt jr nu gesehen heut
Die gburt des Herrn mein liben Leut,
Vnd wies zugangen ist zur zeit
In welcher wir sein von sund gefreyt,
Drumb last euch gefalln vnsern fleiß
Wir wollns bessern ein ander reiß,
Dis ist zum guttn anfang geschen
Dabey wirs wollen lassen stehn,
Ich hoff sol ia nicht on frucht gar
Abgangen sein dis Spil fürwar,
Es wird sich je einer etwan
Aus diesem Spiel gebessert han,
Darumb vns denn auch vnser fleiß

So gewewen keinerley weiß.
Vnd wolln euch hiemit allen sehr,
Gedancket haben Ewer ehr.
Das jr alhie zu wolgefall
Zu ehrn vns seid erschienen all,
Vnd kundt wirs widerumb an euch
Mit vnserm fleiß verdien zu gleich
Bey tag vnd nacht woltn wir thun das
Da bei ich es jtzt bleiben las,
Vnd wil euch Gott befolen han
Der bhalt euch auff der rechten ban.

FINIS.

Gedruckt zu Berlin durch Hans
Weissen. 1541.

Beilage.

Uebertragung der Noten Seite 39 und 40.

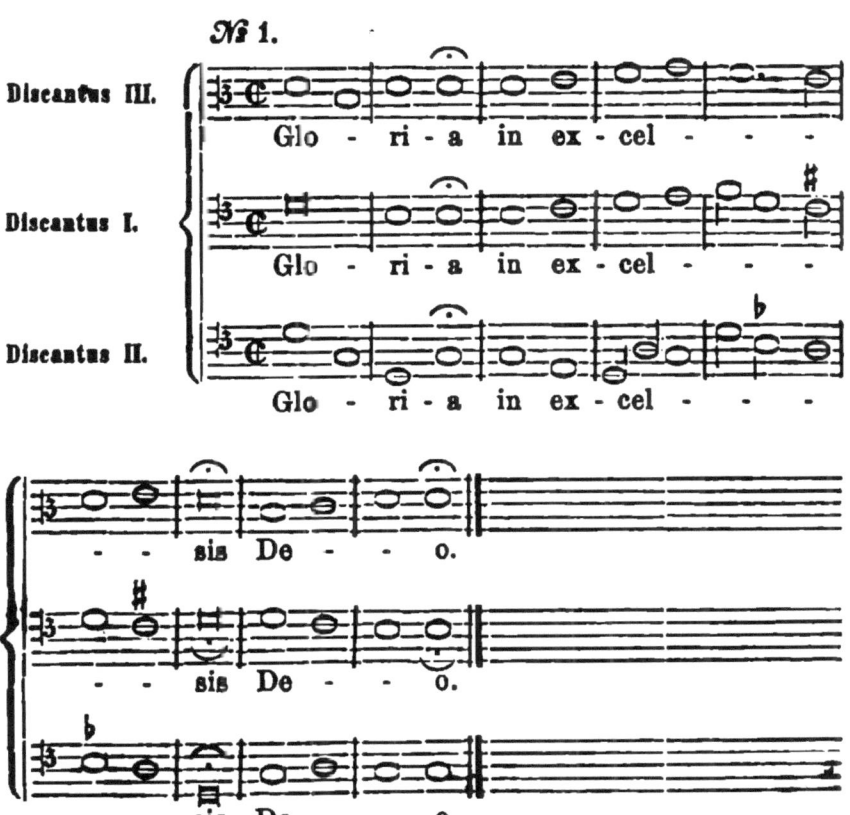

Berlin, Druck von Gustav Schade.
Marienstraße Nr. 10.